團子你好！我想和你做朋友

圖・文／蘇飛

作者簡介／蘇飛

蘇飛。本名廖秀慧。馬來西亞麻坡人。

因為喜歡跟孩子説故事而開始寫小説畫繪本，從而走入創作的寬廣天地。

在寫小説前，寫電視劇及電影劇本，並曾任兩部系列長篇動畫編劇及編審。

繪本創作於我是很特別的歷程。在作畫時，總有新點子和畫法出現，有時一下子浮現幾個想法，但真正下筆畫出來時，又有不同的感覺。可以説，我能完成一部繪本，是兼具偶然跟必然的因素在內。

每一次完成後，都深深領受到創作之神給予的祝福。

希望能一直寫寫畫畫到老，創作出有意思又有趣的作品。

曾獲馬新星雲文學獎之第一屆兒童繪本公開組特優獎。已出版青少年小説十四部及繪本五部。

FB 粉絲專頁：蘇飛的世界

推薦序／舉重若輕的哲理意境

李淑儀（馬來西亞繪本教育推廣者）

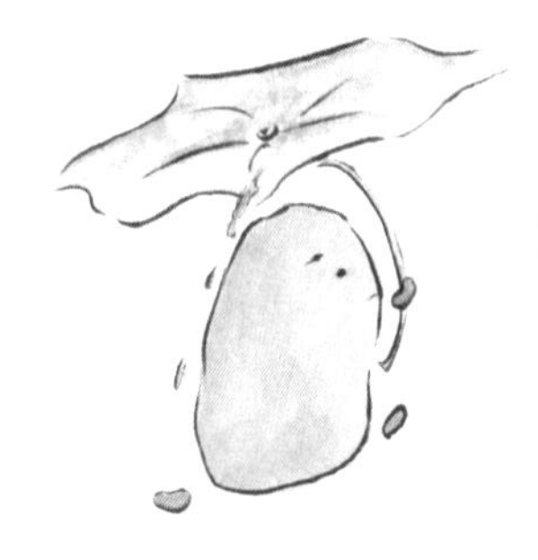

秀慧是我大學的同窗，欣喜這本團子可以在臺灣出版。

欣賞秀慧的筆觸，淡雅間，意味深長、哲理雋永……心思細膩，想像力豐富且幽默連連，這是她的性格反應，三十年不變！

在作品《團子》上也一樣，活脫脫地將她的個性融入在作品中。

團子沒有具象的設計，之所以變成團子，我猜想可以藉此讓讀者有更多不同的角色介入，發揮想像力，將我們身邊的好朋友、師長、哥哥姊姊，甚至是自己，反應在日常生活中小小的經歷。

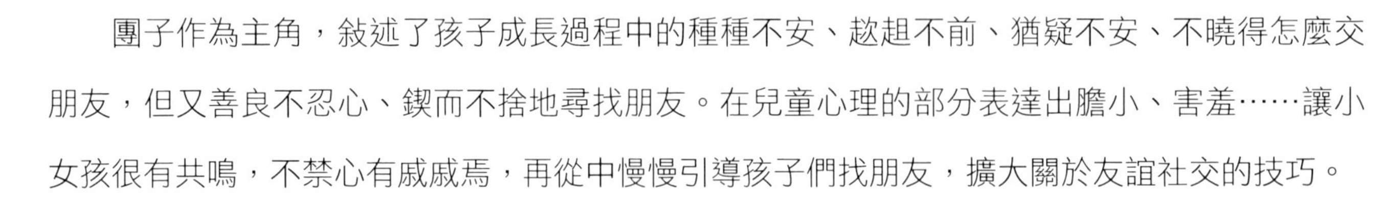

團子作為主角，敍述了孩子成長過程中的種種不安、趑趄不前、猶疑不安、不曉得怎麼交朋友，但又善良不忍心、鍥而不捨地尋找朋友。在兒童心理的部分表達出膽小、害羞……讓小女孩很有共鳴，不禁心有戚戚焉，再從中慢慢引導孩子們找朋友，擴大關於友誼社交的技巧。

我最喜歡的部分是哲理深入淺出的部分，意境深遠地帶出了擔心害怕但又勇敢面對的勇氣，這再再是由生命中的重要他人所鼓勵的話。這些舉重若輕的話，一直都在我的腦袋中蕩漾……

有些東西看起來很美好，但是不能碰。

有些事雖然很可怕，但是我們必須面對。

很多事跟我們表面看的不一樣，我們不要的東西對別人來說可能是寶物。

簡約的畫風，留白的空間，單純而雋永的筆調，說了大道理，但讓讀者沒有壓力，讀了很舒服，也是我所欣賞的特質。

這本書的亮點在於鳥瞰圖的部分，開闊的視野，不覺讓我心曠神怡。

李淑儀

現任馬來西亞吉隆坡綠野幼兒園園長、董事與顧問，以及綠茵蒙特梭利小學校長，董事與顧問。
1994 年踏入幼教行列，今已有 26 年蒙特梭利幼兒教育領域的教學與管理經驗，曾在臺灣、馬來西亞的教室任教，也曾在美國與澳洲實習。2012 年被馬來西亞吉隆坡加影新紀元大學學院委任為幼兒教育系的業界顧問。馬來西亞教師總會旗下教育雜誌《孩子》專欄作家。曾受訪於馬來西亞多家電視臺及電臺。
因有感於本土繪本缺乏教材，毅然與四位好朋友合作成立犀鳥咕嚕酷出版社，專門出版具馬來西亞生態特色的繪本，汲汲營營推廣本土繪本教育，已有海龜、太陽熊、熱帶雨林及紅樹林等主題。

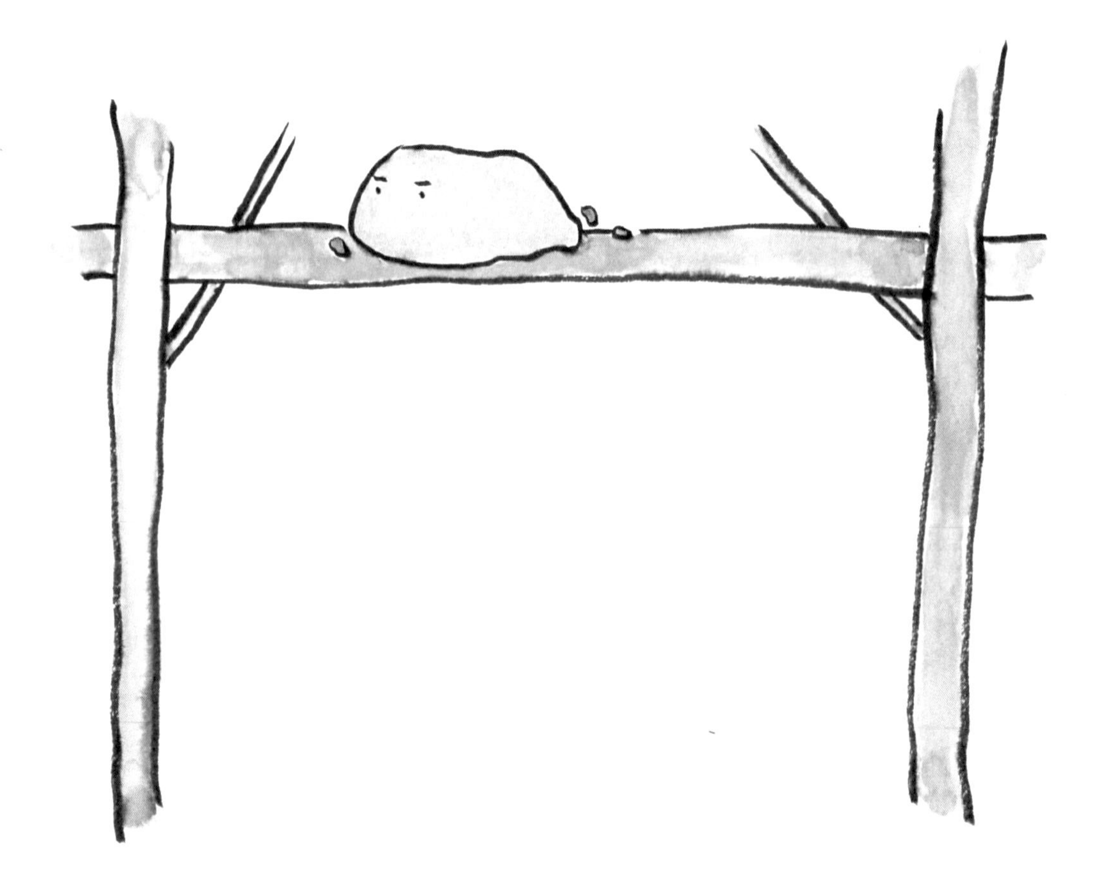

嘿！
你為什麼躲在上面？

我可以叫你團子嗎？

你要不要出來跟我玩？

可是……

我喜歡一個人。

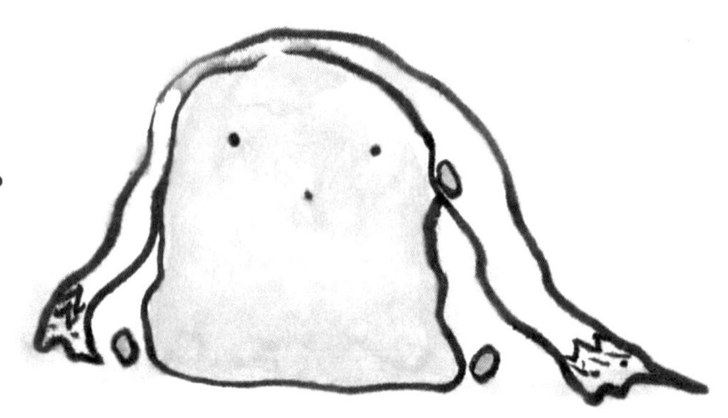

一個人很舒服、

很自在。

想做什麼就做什麼。

可是我想跟你玩！

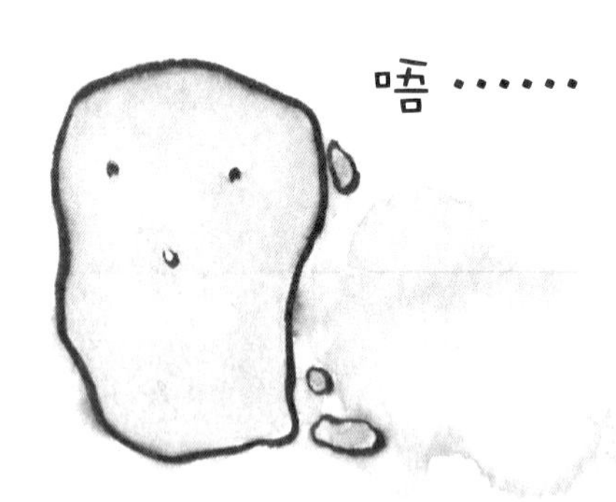
唔……

走！

我們一起去廟會！

走吧，別怕！
不，我不去！

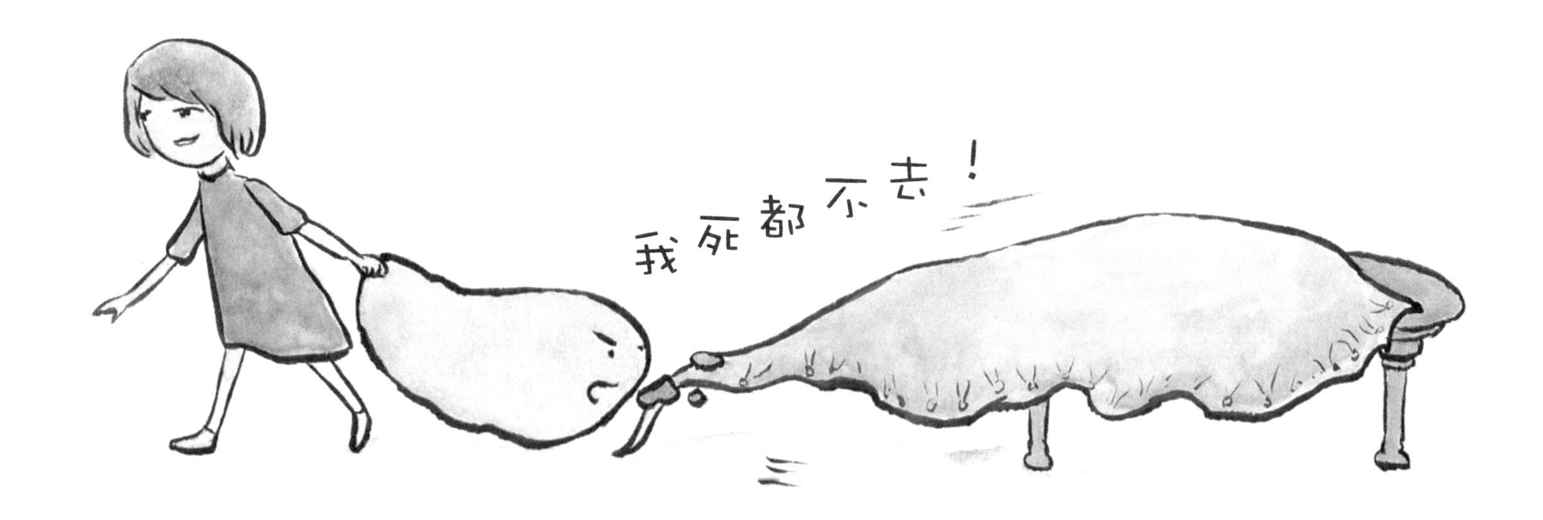
我死都不去！

要怎麼樣
你才肯陪我去呢？

哎呀！
廟會好像開始了！

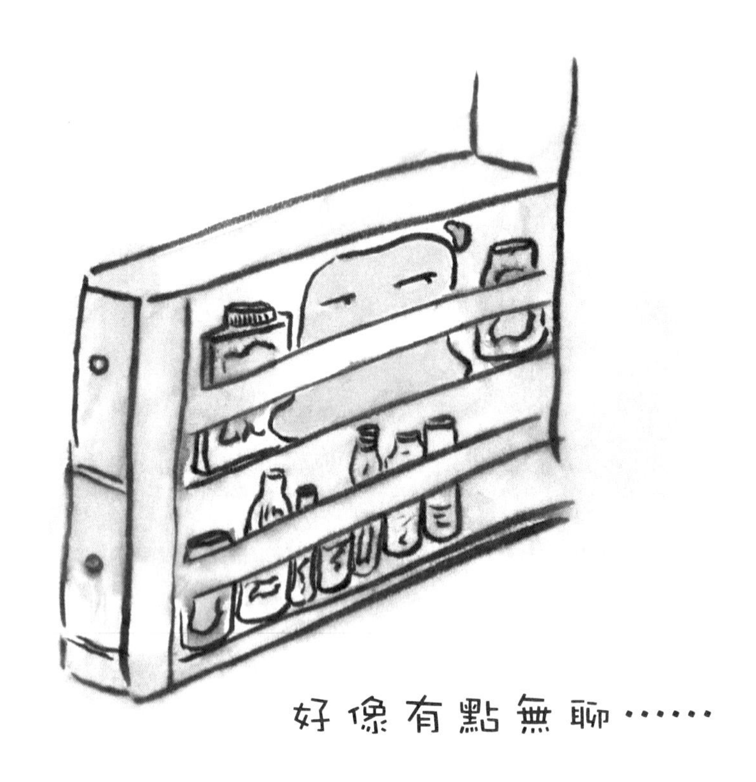

好像有點無聊……

終於走了。
可以好好寫字了！

……

喝茶吧！

團子決定踏出大門，去找女孩。
門外，對團子來說，是什麼樣的世界呢？

筆屋
筆
食記
文具
彩繪
古物軒
Cafe
書畫

女孩一個人匆匆來到街上。
大街上都是趕著去廟會看熱鬧的人呢！
女孩有點害怕……

千年古鎮
茶

女孩好不容易爬到一棵大樹上，
但還是什麼都看不到……

女孩失落地離開……

這時天空突然下起了大雨，
女孩趕緊去避雨。

咦？團子？

去哪兒呢？

3

團子帶著女孩搭電車。
女孩興奮地說：
「我還是第一次搭電車呢！」

童玩
哇！好多新奇的玩具！

下了電車，他們經過一家琳琅滿目的玩具店。
女孩好想進去玩具店看看啊！

團子沒有停留，他對女孩說：
「有些東西看起來很美好，卻不能碰。」

團子和女孩來到一處鬼影幢幢的地方……
女孩有點害怕，她緊張地問團子：
「這是什麼地方？為什麼一個人都沒有？」

團子什麼都沒說，
他帶女孩走進一條陰暗的巷子。

團子對女孩說：
「有些事雖然可怕，我們卻必須面對。」

團子和女孩通過了廢墟，原來這裡是流浪貓兒的樂園。
女孩看著在廢墟自由自在生活的貓兒，感到不可思議！
團子說：
「很多事跟我們表面看的不一樣。
我們不要的東西，對其他人可能是寶物哦！」

團子帶著女孩又去了很多地方。
經過一個神祕小鎮時，女孩累極了，
忍不住說：「團子，等等我啊！」
團子耐心地等候女孩跟上來。

茶
蜜
美汤

最後，女孩和團子來到觀看廟會的好地點。
「哇！團子，你是怎麼知道這裡的呢？」
女孩讚歎地問。
女孩決定，明年也要跟團子一起看廟會。

嗯！
好好吃哦！

給讀者的話／創作分享：團子的誕生

蘇飛

有時候，因為一行文字、一段影片或景色，都能讓我們興起創作的念頭。比如寫故事的人心中被觸動而有了奇思異想；攝影師趁機捕捉到吉光片羽；畫家以畫筆將模糊的意象或感動化為真實圖像。

團子這本書的創作念頭，卻來自一個物件。

一個什麼樣的物件呢？

大家可能想像不到，是一本雜誌上看到的瓷碟。

瓷碟上的圖樣很原始，簡單質樸卻富有魅力，像遠古的壁畫，不為人知卻一直存在著。突然，那圖樣隔著遙遠時空與我進行了對話。

它鮮明活動起來，催促著我把它畫下來，讓我賦予它新的生命和意義。

我的腦海頓時浮現一個不成形的圖樣，於是我用手邊的毛筆把它畫出來。

這東西沒有很固定的形狀，它可以變化形狀，但又有著某一種規律。

我為它加上眼睛、嘴巴，再添上一些色彩。「團子」誕生了。

我想像團子是個孤僻而許久不曾與人交往的個體。某一天，因為一個小女孩的闖入，它的生活也起了新奇的變化。

故事不複雜，只要我們踏出去，或許就能找到我們存在世上的別樣意義，見到世界不同的風景。與人互動分享的同時，發現意想不到的樂趣和喜悅。

我們或許都有成為團子的時候，或者也曾是故事中的小女孩，誰說不是呢？

蘇飛繪本著作

《慢慢的世界》

蘇飛的「花草拓印」暖心繪本——在快速的世界尋找「慢慢的美」。
這是一本為了「慢慢的孩子」而作的繪本：只要認真學習，學得慢並不需要感到自卑，因為每個人都有自己的成長步調！

《狐狸先生與愛吃畫的咕嚕》

蘇飛首次嘗試無字繪本創作，沒有文字的侷限，多了更多想像空間，增添親子共讀天馬行空的時光！
簡約的線條、富哲理的小故事，帶孩子思考付出與回報的真諦！

《噓，不哭！》

ㄚㄚ是個愛哭鬼，每天都為了小事情大哭大鬧。「噓！不哭！」媽媽這麼說著，帶他出去看看外面的世界。
ㄚㄚ一路上看見許多風景，做了許多新鮮事，這天經歷哪些行程，讓他不再哭泣呢？
★經常哭泣的小朋友與家長讀後有感！
★集結探索、體驗與親情的水墨畫風繪本！

兒童文學52　PE0186

團子你好！我想和你做朋友

圖・文／蘇　飛
責任編輯／姚芳慈
圖文排版／陳秋霞
封面設計／劉肇昇

出版策劃／秀威少年
製作發行／秀威資訊科技股份有限公司
114 台北市內湖區瑞光路76巷65號1樓
電話：+886-2-2796-3638
傳真：+886-2-2796-1377
服務信箱：service@showwe.com.tw
http://www.showwe.com.tw

郵政劃撥／19563868
戶名：秀威資訊科技股份有限公司
展售門市／國家書店【松江門市】
104 台北市中山區松江路209號1樓
電話：+886-2-2518-0207
傳真：+886-2-2518-0778

網路訂購／秀威網路書店：https://store.showwe.tw
國家網路書店：https://www.govbooks.com.tw
法律顧問／毛國樑　律師

總經銷／聯寶國際文化事業有限公司
地址：221新北市汐止區康寧街169巷27號8樓
電話：+886-2-2695-4083
傳真：+886-2-2695-4087

出版日期／2021年2月　BOD一版　**定價**／300元
ISBN／978-986-99614-0-0

國家圖書館出版品預行編目

團子你好!我想和你做朋友 / 蘇飛圖.文. -- 一版. -- 臺北市 :
秀威少年, 2021.2
面； 公分. -- (兒童文學 ; 52)
BOD版
ISBN 978-986-99614-0-0(平裝)

859.9 109015582

讀者回函卡

感謝您購買本書，為提升服務品質，請填妥以下資料，將讀者回函卡直接寄回或傳真本公司，收到您的寶貴意見後，我們會收藏記錄及檢討，謝謝！

如您需要了解本公司最新出版書目、購書優惠或企劃活動，歡迎您上網查詢或下載相關資料：http:// www.showwe.com.tw

您購買的書名：____________________

出生日期：________年________月________日

學　　歷：□高中（含）以下　□大專　□研究所（含）以上

職　　業：□製造業　□金融業　□資訊業　□軍警　□傳播業　□自由業　□服務業　□公務員　□教職　□學生　□家管　□其它________

購書地點：□網路書店　□實體書店　□書展　□郵購　□贈閱　□其他

您從何得知本書的消息？

□網路書店　□實體書店　□網路搜尋　□電子報　□書訊　□雜誌　□傳播媒體　□親友推薦　□網站推薦　□部落格　□其他________

您對本書的評價：（請填代號　1.非常滿意　2.滿意　3.尚可　4.再改進）

封面設計______　版面編排______　內容______　文／譯筆______　價格______

讀完書後您覺得：

□很有收穫　□有收穫　□收穫不多　□沒收穫

對我們的建議：____________________

____

請貼
郵票

11466
台北市內湖區瑞光路 76 巷 65 號 1 樓
秀威資訊科技股份有限公司 收
BOD 數位出版事業部

....

（請沿線對折寄回，謝謝！）

姓　　名：＿＿＿＿＿＿＿＿ 年齡：＿＿＿＿ 性別：□女 □男

郵遞區號：□□□□□

地　　址：＿＿＿＿＿＿＿＿＿＿＿＿＿＿＿＿＿＿

聯絡電話：（日）＿＿＿＿＿＿＿＿＿（夜）＿＿＿＿＿＿＿＿＿

E-mail：＿＿＿＿＿＿＿＿＿＿＿＿＿＿＿＿＿＿